En attendant la petite souris...

et autres histoires

Une histoire écrite par Elsa Devernois
illustrée par Yomgui Dumont

mes premiers j'aime lire
bayard poche

En attendant la petite souris...

Moi, Laura, je viens de perdre ma première dent.
Chouette, la petite souris va passer !

Seulement, il y a un problème :
Réglisse, mon chat.

Les chats adorent
attraper les souris,
c'est bien connu.

Comment la petite souris va-t-elle faire pour arriver jusqu'à mon oreiller ?

Je préviens Réglisse : « Cette nuit, j'attends une invitée. Prière de ne pas y toucher ! »

Mais sa réponse ne me plaît pas du tout !

Et si Réglisse restait dans le placard du couloir jusqu'à demain ?

Je crois que maman ne trouve pas mon idée géniale.

J'ai voulu ficeler les pattes de Réglisse, mais il n'était pas d'accord.

Alors, il faut absolument que je prévienne la petite souris.

Seulement j'ai peur que la petite souris ne sache pas lire...

... ou qu'elle ne voie pas grand-chose dans le noir.

Oh, oh, un trou dans le mur de ma chambre !
C'est sûr, la petite souris va arriver par là.

Je sais
ce que je vais faire...

STOP

Maintenant, je peux dormir
tranquille, la petite souris
ne risque plus rien.

Frappez avant d'entrer

On dirait que ma chambre est la pièce la plus intéressante de la maison.

... tout le monde y entre sans frapper...

Je ne peux jamais être tranquille, j'en ai assez!

Aujourd'hui, c'est décidé, je me trouve une autre chambre...

Là ?
Là ?
Là ?
Là ?
Là ?
clic
Là ?
Non, pas là !

Et ici ? Ça, au moins, c'est une chambre qui ferme à clé.

Voilà, dans la salle de bains, je serai bien.

Mais mon idée ne plaît pas à tout le monde.

Ouvre, Mimine, j'ai besoin d'une aspirine.
Ouvre, ça presse, il me faut une compresse.
Ouvre, c'est pressé, je dois me laver les pieds !

Mais, enfin, Laura, qu'est-ce qu'il t'arrive? Allez, ouvre-nous!

Je ne sortirai qu'à une condition...

«Promettez-moi de ne plus entrer
dans ma chambre sans frapper.»

Et voilà !
C'est promis !
Maman
Papa
Benoît

Un cartable encombrant

Moi, ce qui m'énerve à l'école,
c'est mon cartable.

Si je le porte à la main,
je ne peux plus rien faire d'autre.

Si je le porte sur le dos, je me cogne partout.

Ah ! si seulement mon cartable
marchait tout seul à côté de moi !

Mauvaise idée ! Le chien des voisins aime
trop se promener.

Peut-être mon frère Benoît voudra-t-il m'aider ?

Quel égoïste ! Tant pis, je vais me débrouiller toute seule !

Et si j'attachais mon cartable
aux roulettes de ma vieille poussette ?

Oups ! Ce n'est pas
très pratique,
dans les escaliers !

Ah, je sais ! Je vais me servir de mon robot ultrapuissant !

Euh… ultrapuissant, pas tellement !

Il ne me reste plus que la magie...
Abracadabra, cartable, envole-toi !
Laura
Eh ! Mais ça marche !
Laura

Oh non ! c'est encore cet imbécile
de Benoît qui se moque de moi.

C'est malin !

Maintenant, mon pauvre vieux cartable n'est plus bon à rien.

Oh, oh, je crois que j'ai enfin une idée de génie...

Et voilà le travail !

Fin

Après avoir désiré successivement devenir fée (ou sorcière), danseuse en tutu rose ou encore graveur de gaufrettes, **Elsa Devernois** s'est finalement dirigée vers l'écriture pour les enfants. Ses textes sont régulièrement publiés dans des magazines. Elle écrit également des albums et des romans, édités à l'École des Loisirs, Nathan ou Flammarion.

Du même auteur dans Bayard Poche :
Ça grouille de grenouilles ! (J'aime lire Plus)

Yomgui Dumont est né en 1974 en banlieue parisienne. Après des études d'Arts appliqués, il travaille partout où il peut manier souris et crayon : dessin animé, multimédia, publicité, presse, édition... Aujourd'hui, ses principales activités restent toutefois la bande dessinée et l'illustration pour la presse jeunesse, notamment le magazine *Okapi* pour lequel il écrit et dessine *Raph' & Potétoz*, également édités chez Glénat. Parallèlement, il enseigne l'illustration depuis 2003 dans un lycée d'arts graphiques à Paris.

Dépôt légal : mars 2009
ISBN : 978-2-7470-2769-4
Loi du 16 juillet 1949 sur les publications destinées à la jeunesse.

Achevé d'imprimer en décembre 2008 par Pollina S.A.
85400 LUÇON - N° Impression : L48553c
Imprimé en France